Ulrich Hub

# Na Arca às Oito

Tradução
**Christine Röhrig**

Ilustrações
**Jörg Mühle**

martins
**Martins Fontes**

© 2010 Martins Editora Livraria Ltda., São Paulo, para a presente edição.
© 2007 Patmos Verlag GmbH & Co.KG.
Sauerländer Verlag, Düsseldorf.
Esta obra foi originalmente publicada em alemão sob o título *An der Arche um Acht*.

| | |
|---:|:---|
| Publisher | *Evandro Mendonça Martins Fontes* |
| Produção editorial | *Luciane Helena Gomide* |
| Produção gráfica | *Sidnei Simonelli* |
| Diagramação e capa | *Triall* |
| Preparação | *Renata Dias Mundt* |
| Revisão | *Dinarte Zorzanelli da Silva* |
| | *Mariana Zanini* |
| | *Denise R. Camargo* |
| 1ª edição | *2010* |
| Impressão | *Corprint* |

Dados Internacionais de Catalogação na Publicação (CIP)
(Câmara Brasileira do Livro, SP, Brasil)

Hub, Ulrich
  Na arca às oito / Ulrich Hub; tradução Christine Röhrig; ilustrações Jörg Mühle. – São Paulo : Martins Martins Fontes, 2009.

  Título original: An der Arche um Acht.
  ISBN 978-85-61635-44-2

  1. Ficção - Literatura infantojuvenil I. Mühle, Jörg. II. Título.

09-10618                                                    CDD-028.5

Índices para catálogo sistemático:
  1. Ficção: Literatura infantil    028.5
  2. Ficção: Literatura infantojuvenil    028.5

*Todos os direitos desta edição no Brasil reservados à*
**Martins Editora Livraria Ltda.**
*R. Prof. Laerte Ramos de Carvalho, 163*
*01325-030 São Paulo SP Brasil*
*Tel.: (11) 3116.0000 Fax: (11) 3115.1072*
*info@martinseditora.com.br*
*www.martinseditora.com.br*

Em algum canto do mundo existe um lugar totalmente coberto de gelo e de neve. Não importa para que lado viramos a cabeça, a gente só vê gelo e gelo e neve e neve e gelo.

Se olharmos com mais atenção, no meio da neve e do gelo dá para reconhecer três pequenos vultos. Estão juntinhos uns dos outros e observam a redondeza. Não importa para onde voltem a cabeça, só veem gelo e gelo e neve e neve e gelo.

Se nos aproximamos desses vultos, percebemos que são pinguins. São completamente idênticos. Todos os pinguins são idênticos. Basta ver um para se conhecer todos.

Se a gente chegar mais perto ainda dos três pinguins, percebemos que há uma enorme diferença entre eles. Um dos pinguins é um pouco menor que os outros dois. Mas cuidado! Não é bom se aproximar muito dos pinguins. Não que eles sejam perigosos, de jeito nenhum, mas é que fedem muito a peixe.

– Você está fedido! – diz um dos pinguins.

– Você também – responde o outro.

– Parem de brigar – diz o menor e chuta os outros dois.

Quando se chuta um pinguim, ele sempre devolve o chute e, na maioria das vezes, com um pouco mais de força. Daí, de chute em chute, logo vira uma pancadaria, até que os pinguins acabam caindo no meio da neve e se entreolham sem entender nada:

– Por que será que a gente sempre briga?

Assim, vão passando dia após dia. Primeiro, os pinguins dão uma olhada pela redondeza; depois, olham uns para os outros e aí logo começam a brigar.

– Ai, como seria bom se um dia acontecesse qualquer coisa – suspira o pinguim menor.

E não é que nesse dia acontece uma coisa diferente? E uma coisa bem incomum. A coisa incomum é pequena e amarela. Antes de pousar na neve, dá três voltas esvoaçando ao redor das cabeças dos pinguins.

— Uma borboleta!

Os pinguins dão pulos e batem as asas com alegria. Só depois de muito tempo é que vão perceber que o aparecimento da borboleta era o começo de uma enorme catástrofe. Com todo cuidado, os pinguins caminham balançantes até a borboleta e ficam olhando para ela. Nunca tinham visto uma coisa tão linda.

— Vou acabar com ela — diz o pinguim pequeno.
— Deixe essa borboleta em paz — gritam os outros dois.
— Mas eu quero acabar com ela agora — implora o pinguinzinho.
— Você não deve matar.
— Quem foi que disse?
— Deus — respondem os outros dois pinguins. — Deus disse que não se deve matar.
— Ah, tá — responde o pinguinzinho e, depois de pensar um tempo, pergunta:
— Mas quem é Deus?

Quando se pergunta a um pinguim quem é Deus, ele nunca sabe direito o que responder.

– Bom, Deus – diz um dos pinguins gaguejando –, é uma pergunta difícil. Bem, Deus é grande e muito, muito poderoso. Ele inventou um monte de regras e sabe ser bem desagradável se a gente não segue essas regras. Mas, no mais, ele até que é bem simpático.

– Só tem uma pequena desvantagem – diz o outro pinguim complementando.

– Que é... – pergunta o pinguinzinho, curioso.

– Deus é invisível.

– Mas essa é uma desvantagem enorme – diz o pinguinzinho, decepcionado. – Se a gente não consegue ver Deus, a gente não vai saber se ele existe de verdade ou não.

Os outros dois pinguins se entreolham sem saber o que dizer. Depois, animam o pinguinzinho:

– Dê uma olhada ao seu redor e descreva o que está vendo.

– Neve – diz o pequeno sem se virar, porque já está careca de saber.

– Que mais?

– Gelo.

– Que mais?

– Neve.

– Que mais?!

– E gelo e neve e neve e gelo e gelo...

– E quem foi que fez tudo isso?

– Deus? – pergunta o pinguinzinho duvidando.

– Exato – respondem os dois animados, fazendo que sim com a cabeça. – E o que diz agora?

– Aqui nesta região ele não foi tão criativo assim.

Os dois outros estremecem e olham nervosos para o céu.

– Fica quieto, senão ele ouve – dizem bem baixinho. – Deus tem ouvidos superbons e, além disso, ele também criou os pinguins.

– Então, em nosso caso, ele deve ter embaralhado as coisas – responde o pinguinzinho. – Somos pássaros, mas fedemos a peixe, temos asas, mas não podemos voar.

– Mas, por outro lado, podemos nadar!

Verdade. Pinguins são excelentes nadadores. Mas é difícil discutir com eles. Quando eles metem alguma coisa na cabeça, é impossível convencê-los do contrário.

– De qualquer modo, Deus se esforçou mais com esta borboleta – diz o pinguinzinho teimoso –, porque, com as asas que tem, ela consegue voar para onde quiser, e eu acho isso muito injusto e, por isso, vou acabar com esta borboleta agora mesmo!

– Aí você será castigado – advertem os outros dois.

– Por quem?

– Por Deus.

– Mas isso é o que eu quero ver – diz o pequeno levantando a pata para pisar na borboleta.

Esse teria sido o fim da borboleta, mas uma coisa se pôs no meio. Duas bofetadas. Primeiro o pinguinzinho faz cara de desentendido e depois começa a chorar aos brados.

– Pode chorar – dizem os dois outros sem se importar. – Você é malcriado, a gente tem de falar tudo três vezes, você é um pinguim bem mau.

Nenhum pinguim gosta que falem assim com ele, que é um pinguim mau. Mas o pinguinzinho finge que para ele tanto faz. Cabeça-dura, cai sentado na neve:

– E daí? Tem pinguim que é bom e tem pinguim que é mau, eu sou mau, oras. Sempre fui assim. Não tem nada que se possa fazer contra isso. Além do que a culpa não é minha. Deus me fez assim.

Os outros dois batem as asas desesperados:
—Você acabou de sentar em cima da borboleta!

O pinguinzinho levanta num salto e olha para trás. Ali, onde estava sentado, está a borboleta caída na neve. Continua pequena e amarela, mas não voa mais. A asa esquerda está completamente amassada.

Os três pinguins se debruçam sobre a borboleta.
— Coitadinha, morreu — conclui um deles, e o outro complementa:
— Agora ela vai para o céu.
— Todos que morrem vão para o céu? — o pinguinzinho quer saber.
— Não, todos não, só os bons é que vão para o céu, você, por exemplo, não vai.
— Não sou bom? — pergunta o pequeno, abismado.

Os outros dois balançam a cabeça:
—Você acabou de matar uma borboleta.

– Mas foi sem querer!

– Você disse que queria acabar com ela e acabou – apontam para a borboleta, que está deitada imóvel na neve. – Deus não vai achar isso nada legal.

– Talvez bem nessa hora, ele não tenha olhado – murmura o pequeno.

– Deus tem olhos excelentes, vê tudo. Quando você morrer e quiser passear no céu, ele vai encontrar você lá pessoalmente e vai querer ter uma conversinha com você.

– Até lá – rebate o pinguinzinho tentando disfarçar a leve tremedeira na voz – ele já esqueceu faz tempo essa história com a borboleta.

– Eu não teria tanta certeza assim, porque Deus tem uma memória excepcional e ele não se esquece nunca de castigar um pinguim que não obedeceu às regras.

– Que tipo de castigo seria?

— Nem queira saber — dizem os outros dois trocando olhares com um sorriso maroto. — Está certo que Deus não teve ideias muito criativas quando criou esta região do gelo, mas quando se trata de inventar castigos, a fantasia dele é muito fértil.

— Acho que Deus nem existe — o pinguinzinho se levanta e bate com o pé no chão. — Vocês só inventaram isso para me pôr medo. Não preciso de Deus algum. Até agora, passei muito bem sem ele e também... — seus olhos se enchem de lágrimas — ...também não preciso de vocês. Não quero ter amigos que me ponham medo. Não quero ver vocês nunca mais na vida!

Depois de dizer isso, sai correndo tão rápido que chega a levantar nuvens de neve atrás de si.

Estupefatos, os dois pinguins ficam parados olhando o pinguinzinho se afastar.

– Mas o que foi que deu nele? – pergunta um deles.

– Talvez ele esteja certo – diz o outro. – Eu também nunca vi Deus e não conheço ninguém que o tenha visto alguma vez. Deus devia aparecer de vez em quando.

– Quieto – diz o outro pinguim falando baixinho. – Deus observa tudo. Agora mesmo, você não está sentindo? Dá uma olhada no céu.

Os dois pinguins levantam a cabeça e olham para cima. Nuvens pesadas e escuras estão penduradas no céu. Um deles aponta para o alto com a asa e explica, festivo:

– O bom Deus está atrás dessas nuvens andando de um lado a outro lá no alto, observando tudinho.

– Bobagem – retruca o outro. – Deus não consegue ver a gente. A visão dele fica prejudicada pelas nuvens quando ele passeia no firmamento.

Nesse instante, uma gorda pomba branca aparece voando no céu, mira na direção deles e, com algumas cambalhotas, pousa desajeitada na neve.

Curiosos, os dois observam a manobra de aterrissagem. "Hoje até que não podemos nos queixar de tédio", pensam, "primeiro uma borboletinha e agora até uma pomba gorducha". Depois de voltar a si, a pomba se recompõe, sacode a neve das asas e posta-se determinada na frente dos dois pinguins.

– Vocês têm um tempinho para falar sobre Deus? – pergunta a pomba e, sem esperar pela resposta, prossegue: – Ótimo, pois eu lhes trago uma mensagem de Deus e ele disse para prestarem muita atenção... Mas que fedor de peixe é esse?

— Somos nós — respondem os dois pinguins, e, curiosos, aproximam-se da pomba.
— Então, pelo amor de Deus, não cheguem tão perto de mim — grita a pomba, que dá um salto para trás.
— Deus está farto dos homens e dos animais, pois vocês brigam a toda hora e tudo nós temos de dizer três vezes, e daí ele acabou perdendo a paciência. Por isso, ele disse — e agora a pomba faz uma pausa dramática antes de prosseguir com voz grave: — "Vou criar um violento dilúvio, os rios e os mares vão subir cada vez mais até transbordarem pelas margens; tudo ficará debaixo d'água; a água cobrirá todas as casas; os topos das árvores e os cumes das montanhas mais altas vão desaparecer na enchente e toda a Terra ficará debaixo d'água." Pronto, é isso! — a pomba respira bem fundo antes de se deixar cair exausta na neve. — Agora todos os animais do mundo estão avisados, só faltavam vocês dois.

Os dois pinguins ouviram tudo de bico aberto.
— Mas isso significa que é o fim do mundo.

— É exatamente essa a intenção de Deus — diz a pomba, e tira uma garrafinha de sua sacola, vira a tampa e dá um bom gole. — Deus quer apagar o mundo inteiro e depois começar tudo de novo, mas vocês dois — ela acrescenta com um olhar severo — fedem a peixe pra caramba!

— Mas o que vai acontecer com as pessoas e os animais? — perguntam os pinguins com voz trêmula.

A pomba não responde. Fecha cuidadosamente a garrafinha girando a tampa. Finalmente diz dando de ombros:

— Mais cedo ou mais tarde vocês vão perceber.

— O quê?

— Bom...

— Que vão se afogar?

— Isso são *vocês* que estão dizendo — diz a pomba encarando os dois, repreensiva.

— Você sempre quis que Deus se manifestasse — diz um pinguim, irritado com o outro —, e viu só no que deu agora? Mais claro que isso, impossível.

— Mas tinha logo de ser um dilúvio? — queixa-se o outro e dirige-se à pomba, desesperado. — Será que não dá para falar com ele?

A pomba coloca a cabeça de lado.

— Na verdade eu não conheço Deus pessoalmente, mas é difícil discutir com ele; quando ele mete alguma coisa na cabeça, é impossível convencê-lo do contrário. Além disso, é tarde demais. Já começou a chover.

De fato. Os dois pinguins olham para o alto e logo gordas gotas de chuva se espatifam na testa deles.

15

— Pode parar, pare, por favor — lamentam os dois pinguins e esticam as asas para o céu implorando. — A gente promete que nunca mais vai brigar, seremos bem obedientes daqui para frente.

— Parem de se lamentar — diz a pomba, enérgica —, é melhor começarem a fazer as malas.

— Fazer as malas?

— Na Arca de Noé ainda há lugar para dois pinguins. Eu não disse isso? — pergunta a pomba e prossegue sem esperar pela resposta:

— Vamos levar a bordo dois exemplares de cada animal, dois elefantes, dois porcos-espinhos, duas zebras, dois cangurus, dois guaxinins, duas cobras, dois veados, dois esquilos, duas girafas, duas raposas, dois leões, dois cachorros, dois crocodilos, dois gansos, dois dromedários, dois gatos selvagens, duas formigas...

Sem entender, meio zonzos, os pinguins perguntam:

— Mas por que sempre só dois?

— A Arca de Noé até que é uma embarcação enorme de grande – responde a pomba já sem paciência –, mas também não quer dizer que seu espaço seja infinito. Por essa razão é que só podem embarcar dois animas de cada espécie. Aqui estão os bilhetes. Cuidado para não perdê-los!

Com essas palavras, a pomba entrega um bilhete a cada pinguim.

— Prestem atenção – diz com ar bem sério –, vocês têm de estar na arca às oito, quem chegar atrasado vai se afogar.

Na parte da frente do bilhete há a imagem de um grande navio que navega sobre um mar azul. Na parte de trás, dá para ler em letras minúsculas:

*Este bilhete só é válido para o transporte. Não dá direito a assento. É proibida a venda deste bilhete. Após o dilúvio, os bilhetes perderão a validade.*

Os dois pinguins não têm objeção alguma a fazer. Na verdade, pinguins não sabem ler muito bem.

Antes de a pomba se erguer no ar, ela ainda dá uma olhada para os dois pinguins e diz:

— Gozado, tenho a estranha sensação de estar esquecendo alguma coisa. Alguma coisa bem importante.

Ela coça a cabeça e murmura:

— Deixa para lá, logo, logo, eu vou lembrar.

Depois a pomba gorducha bate as asas com força, eleva-se no ar com dificuldade e sai voando no meio da chuva.

Os dois pinguins põem-se imediatamente a arrumar as malas. Mas não conseguem se concentrar muito bem. Um deles pensa: "Fomos escolhidos entre todos os outros pinguins porque somos os melhores. Principalmente eu. Sempre fomos obedientes. Principalmente eu. Temos de ser salvos. Principalmente eu. Por isso ganhamos os bilhetes para a Arca de Noé. Senão a gente ia se afogar como o...". Para de pensar.

Enquanto isso, o outro pinguim pensa: "A gente deu uma baita sorte. Se acaso não tivéssemos cruzado com essa pomba, iríamos nos afogar. Como tudo na vida depende do acaso. Se os outros dois pinguins estivessem aqui, seriam eles que receberiam os bilhetes e nós dois lamentavelmente iríamos nos afogar como o...". Imediatamente, ele para de arrumar a mala. E uma imagem terrível lhe surge diante dos olhos:

– O que vai acontecer agora com o nosso pinguinzinho? – pergunta em voz alta.

Nenhuma resposta. Os dois pinguins observam a chuva e veem a água subindo cada vez mais. Por fim, um deles diz dando de ombros:

— Mais cedo ou mais tarde, ele vai perceber.
— O quê?
— Bom...
— Que ele vai se afogar?
— *Você* é quem está dizendo isso — responde o outro com ar de repreensão.
— Por acaso você quer ficar vendo tranquilamente nosso amigo se afogar?
— Não, eu não vou assistir porque já vou estar bem longe, em cima da tal Arca de Noé, quando ele se afogar. Agora não olhe para mim desse jeito, afinal, essa ideia do dilúvio não é minha!

E sem ter colocado coisa alguma em sua mala, ele bate a tampa com força e diz:
— E agora vê se começa a arrumar essa mala de uma vez.

O outro pinguim olha para sua mala e fica pensando o que de mais importante deveria levar para a Arca de Noé.
— Vamos guardar o nosso pinguinzinho na mala e levá-lo escondido para a arca.
— Você ficou maluco? Se descobrirem vão atirar a gente lá do alto da arca e aí nem um único pinguim irá sobreviver. Nós dois — e ele carrega bastante na pronúncia da última palavra como uma pequena trombeta —, nós somos responsáveis por toda a espécie de pinguins, entende?

Essa coisa de responsabilidade e espécie faz sentido para o outro pinguim. Meio triste, ele fecha a tampa de sua mala sem ter colocado nada dentro dela e murmura:
— Ao menos quero vê-lo uma última vez.
— Por mim... — resmunga o outro. — Mas ele não vai ficar muito entusiasmado em nos ver. Como eu o conheço, na certa ainda está ofendido.

Mas o pinguinzinho não está mais ofendido e está parado debaixo de um guarda-chuva.

— Por que eu fui dizer que podia ficar sem os meus amigos? Agora, não tenho mais ninguém com quem brigar. Minha vontade era ir até lá e dizer a eles que errei.

Mas claro que isso está fora de cogitação. Nenhum pinguim gosta de admitir que errou.

— Provavelmente, vou ter de passar o resto da minha vida sozinho — pensa o pinguinzinho, e olha para os minúsculos pezinhos que começam a ser cobertos pela água.

De repente, ele escuta duas vozes conhecidas:

— Por acaso estávamos nas redondezas e pensamos em dar um pulinho aqui.

O pinguinzinho ergue os olhos. Os outros dois estão parados na frente dele. Cada um leva uma mala.

— Vão viajar?

— De onde você tirou essa ideia?

Os dois outros riem constrangidos e tentam esconder as malas atrás das costas. Depois não dizem mais nada e ficam olhando para o pinguinzinho com os olhos bem arregalados e dão um suspiro.

— Está chovendo – diz o pinguinzinho.

— Que coisa – respondem os dois –, sabe que a gente nem reparou – e olham para o céu de onde a chuva despenca a cântaros.

— Está com cara – diz o pinguinzinho – que a chuva não vai parar nunca mais.

— Vai parar sim – respondem os dois e olham para os seus pés que já afundaram na água. Depois não dizem mais nada e ficam olhando o pequeno com grandes olhos pretos e suspiram profundamente.

— É melhor vocês ficarem debaixo do meu guarda-chuva, senão ainda vão acabar pegando uma gripe!

Os dois outros não se mexem do lugar.

— Quando três pinguins estão na chuva – diz o pinguinzinho com simpatia –, e só um tem um guarda-chuva, é claro que ele vai oferecer um lugar para seus amigos debaixo de seu guarda-chuva.

— Você já ofereceu – respondem os dois com voz bem baixinha e olham para ele com grandes olhos úmidos.

— Estão com lágrimas nos olhos?

— São os pingos de chuva – dizem desviando o olhar rapidamente e dando um enorme suspiro.

O pinguinzinho estranha tantos suspiros e lágrimas. Queria dizer justamente que nunca havia visto algo parecido, mas não é mais possível, porque os outros pinguins se comportam de maneira mais estranha ainda. Com as asas em forma de punhos, eles dão uma pancada violenta na cabeça do pinguinzinho de modo a fazê-lo ver um monte de estrelinhas. Depois disso, ele não vê mais nada e perde a consciência. Assim também nem percebe que os dois o carregam e tentam metê-lo numa mala.

Apesar de o pequeno pinguim não ser especialmente grande, ele não cabe em nenhuma das malas.

Até que os outros dois arranjem uma mala maior, coloquem o pinguinzinho dentro dela, fechem a tampa e as fivelas – das quais uma delas está um pouco emperrada –, passa um bocado de tempo. E quando os dois pinguins aparecem na arca carregando uma pesada mala, já está escuro há tempo.

A pomba está parada na entrada da arca debaixo de uma chuva torrencial e grita com uma voz um tanto rouca:

– Última chamada para os passageiros faltantes! Os dois pinguins estão sendo chamados com urgência a se apresentarem na Arca de Noé. Última chamada para todos os passageiros!

Quando ela avista os dois pinguins chafurdando com água à altura dos joelhos e carregando uma mala enorme sobre a cabeça, ela esbraveja:

– Onde é que vocês se enfiaram todo esse tempo? Vocês são os últimos, todos os animais já embarcaram faz tempo, até as duas tartarugas foram mais rápidas que vocês, Noé já queria partir sem vocês, e eu disse para estarem na arca às oito!

– Ah bom – dizem os dois enquanto puxam a mala rampa acima. – Nós entendemos à meia-noite.

A pomba avista a mala:

– Espero que vocês não estejam querendo embarcar essa mala. Eu disse só bagagem de mão.

– Não podemos nos separar dessa mala de jeito nenhum.

– Por quê?

Os pinguins disfarçam um pouquinho.

– O que tem dentro dessa mala enorme? – pergunta a pomba.

– Só ar.

– E por que está tão pesada?

– É que, na verdade – gemem os dois com o esforço que fazem com o peso da mala –, é ar pesado.

A pomba tinha instruções estritas de Noé para abrir toda e qualquer bagagem suspeita.

Desconfiada, a pomba se debruça sobre a mala e cafunga na tampa.

— Essa mala tem cheiro de peixe — ela conclui. — Por acaso estão tentando contrabandear sanduíches de peixe a bordo?

— Somos nós — respondem os pinguins —, sempre fedemos a peixe.

— Não é permitido o consumo de alimentos e bebidas de fora — continua a pomba sem se abalar —, na arca há um pequeno quiosque. Abram.

— Esta mala é completamente inofensiva.

— Não acredito em uma palavra de vocês — diz a pomba, sem tirar os olhos da mala.

— Somos pinguins — dizem os dois com um sorrisinho amarelo —, pode confiar na gente.

— Foi o que as cascavéis também disseram — diz a pomba rindo cinicamente —, e o que encontrei nas bolsas delas? Um jogo de cartas!

— Absurdo — dizem os pinguins, realmente indignados.

— Qualquer tipo de jogo de azar está terminantemente proibido aqui na arca! — explica a pomba.

Um dos pinguins garante à pomba que não há nenhum jogo de cartas dentro da mala, o que é excepcionalmente verdade; enquanto o outro pinguim quer saber como as cobras conseguem jogar cartas. Mas a pomba diz que não está com ânimo para discutir mais nada e que vai abrir a mala, e se acaso encontrar alguma coisa diferente de ar pesado, os pinguins poderão esquecer seu lugar na arca e lamentavelmente terão de se afogar. E, assim, infelizmente, não haverá mais pinguins no futuro, o que, na verdade, para ela tanto faz.

Os dois pinguins trocam olhares, respiram fundo e gaguejam:

— Certo, dentro da mala... a gente ficou com o coração muito apertado e não conseguimos, mas é bem pequeno mesmo...

Nesse instante, um raio corta o céu num clarão brilhante seguido do estrondo violento de um trovão que reverbera em toda a Terra. Agora irrompe um temporal jamais visto. Massas de água despencam do céu como se a chuva fosse jogada aos baldes na Terra.

— O dilúvio! — grita a pomba num som agudo. — Está começando. O que estão fazendo aqui parados tagarelando? Andem, coloquem logo essa mala para dentro, tenho de fechar a porta! — resfolegando, os dois pinguins arrastam a pesada mala pelo portão de entrada da arca.

Antes de fechar a porta, a pomba dá uma última espiada na Terra, que, em breve, estará toda inundada.

— Gozado, tenho a estranha sensação de estar esquecendo alguma coisa. Uma coisa bem importante.

Ela coça a cabeça e murmura:

— Deixa para lá, logo, logo, eu vou lembrar — depois fecha a porta rapidamente atrás de si.

Quem já esteve na Arca de Noé sabe muito bem que é um barco imenso. Tão imenso, que é muito fácil a gente se perder lá dentro. A arca tem três andares. Noé tem o maior orgulho dela, mas admite ter aceitado uma ou outra dica que recebeu pessoalmente de Deus enquanto a construía. Uma delas é usar a madeira do cipreste e depois passar piche em todo o casco para evitar infiltração de água.

Na verdade, os dois pinguins não tiveram oportunidade de apreciar as habilidades de Noé. Resfolegantes, vão atrás da pomba, arrastando sua pesada mala pelos intermináveis corredores. Precisam escalar as tubulações de ar e depois descer e descer os degraus íngremes até não saberem mais onde estão. Quando um deles geme de tanto esforço, a pomba volta a cabeça para trás e esbraveja:

– Quietos, os outros bichos já estão dormindo faz tempo.

No final do corredor, a pomba abre uma porta e desaparece atrás dela. Lá dentro está a maior escuridão. Cambaleantes, os dois pinguins vão atrás dela arrastando a mala.

— Onde estamos?

— Bem no fundo, no piso mais baixo — murmura a pomba —, na barriga da arca.

Os dois pinguins colocam a mala no chão e olham ao redor. Está bastante escuro, a não ser por uma lâmpada pendurada no teto que deixa um fraco feixe de luz incidir sobre uns barris. Em toda parte, ouvem-se estalos e rangidos.

— Mas que cheiro esquisito é esse?

— É do piche — explica a pomba, apontando para os barris. — Noé passou piche na arca para isolar o casco da água.

— Piche? — resmungam os dois pinguins, horrorizados.

— Quietos, senão vão acordar os outros bichos — a pomba olha inquieta para o teto. — Principalmente os leões, que têm o sono levíssimo.

— Esse fedor é duro de aguentar.

— Não vai demorar até vocês cobrirem esse cheiro de piche com seu fedor de peixes — diz a pomba com frieza, já querendo sair. — Mais alguma pergunta?

É claro que os pinguins têm mais perguntas. Um monte delas até. Querem saber o horário de funcionamento do bufê, se têm de trocar de roupa para as refeições, onde podem alugar espreguiçadeiras, se há uma piscina no convés, se há aulas de ginástica a bordo e...

— Mas onde vocês pensam que estão? — grita a pomba, vermelha de raiva. — Isso aqui é uma operação de salvamento, não um cruzeiro de luxo!

Nesse momento, ouve-se um enorme rugido. Os dois pinguins se encolhem de medo e a pomba olha para o teto e vira os olhos:

— Viram só, agora os leões acordaram de novo e olha que não é nada fácil fazer dois leões dormir, ainda mais quando se é uma pomba como eu. Agora vou deixá-los sozinhos e não quero ouvir nem mais um pio!

— Só uma coisa — dizem os pinguins, indignados —, por acaso a gente vai ter de ficar o tempo todo aqui embaixo?

— Vocês podem se dar por satisfeitos de terem conseguido algum lugar, isso sim — responde a pomba, irritada. — A arca está entupida de animais até a boca. Está certo que aqui embaixo pode ser um tanto escuro e até faltar um pouco de ar, mas ao menos vocês têm um lugar. Lá em cima não se consegue andar de tanto bicho.

— Mas o que vamos fazer durante todo esse tempo aqui embaixo?

— Dormir como todos os outros animais.

— E quando vamos chegar?

— Mas nós ainda nem saímos — grita a pomba com toda a força de seus pulmões —, e vocês já querem saber quando vamos chegar?

Logo em seguida, ouve-se um som ensurdecedor de trompas. Os dois pinguins estremecem e a pomba lamenta:

– Que ótimo, agora os elefantes também acordaram e tudo por culpa de...

De repente, um forte solavanco faz o chão do barco balançar. A pomba despenca numa cambalhota por cima dos pinguins. O baú de roupas começa a se mexer sozinho e desliza pelo chão. Tremendo, os pássaros se agarram uns aos outros. Gritos horríveis vêm de toda parte. Rugidos de ursos, balidos de ovelhas, grunhidos de porcos, barridos de elefantes, grasnados de gansos, gritos de macacos, berros de cabras, relinchos de cavalos, latidos de cachorros, cocoricós de galos, coaxos de sapos, cacarejadas de galinhas, cantos de corujas, sibilos de cobras, borbulhos de cavalos-marinhos, silêncio dos veados, mugidos das vacas, uivos dos lobos, miados dos gatos – resumindo: um barulho ensurdecedor.

Lá pelas tantas, tudo volta a ficar quieto. Só resta o som de um rumorejar constante. O chão balança. A lâmpada pendurada no teto vai de um lado a outro, lentamente.

– Zarpamos – conclui a pomba. – A arca levantou âncora e está navegando. Boa viagem.

Antes de sair, a pomba ainda se volta na soleira da porta e olha para os pinguins, que estão tremendo parados na barriga da arca, segurando um nas asas do outro.

– Gozado, tenho a estranha sensação de estar esquecendo alguma coisa. Alguma coisa bem importante.

Ela coça a cabeça e murmura:

– Deixa para lá, logo, logo, eu vou lembrar – depois disso sai fechando a porta atrás de si.

Imediatamente, os pinguins abrem a mala.

– Tomara que ele não tenha sufocado nesse tempo.

Enfiado ali dentro está o pequeno pinguim, espremido como uma sanfona. Os outros dois o cutucam com as asas. Ele não se mexe. Colocam a cabeça na mala e fungam para sentir seu cheiro. O cheiro dele está estranho. À primeira vista, o pequeno pinguim parece estar morto, mas quando escuta o outro pinguim dizendo "Com certeza ele vai pro céu", ele salta feito mola para fora da mala e pergunta, agitado:

– Onde é que estou?

– Na Arca de Noé.

– Mas que cheiro esquisito é esse?

– É o piche – explicam os outros –, mas a gente acaba se acostumando.

– Não estou achando muito legal aqui – diz o pequeno, e sai da mala. – Vou voltar pra minha casa.

Os dois outros explicam, tomando cuidado para não assustá-lo, que não há mais casa, que tudo foi inundado, porque Deus colocou o mundo inteiro debaixo d'água.

O pequeno pinguim engole a seco e diz:

– Quer dizer, então, que Deus existe de verdade?

– Ele deu provas bem claras disso – explicam os outros dois e pegam no pé dele: – Você vive criando dificuldades. Na verdade só podiam embarcar dois pinguins e aí a gente deu um jeito de trazer você escondido, mas ninguém pode saber, entendeu bem?

Os dois outros olham fixo para os pés. Depois de um longo tempo, respondem balançando os ombros:

— Cedo ou tarde vão acabar percebendo.
— O quê?
— Pois é...
— Eles vão se afogar?!
— Isso é você quem está dizendo — dizem os dois e olham para o pequeno pinguim com ar de repreensão.
— E Deus permite que todos os outros animais morram afogados?

Os outros dois tentam explicar que Deus está descontente, que, de alguma maneira, está cheio de tudo e por isso quer começar tudo de novo, e que, na verdade, eles também não entenderam muito bem.

— Eu entendi, sim — diz o pinguinzinho, que caminha devagar no seu passo balançado até um cantinho bem escondido na barriga da embarcação e põe-se a chorar baixinho. — É tudo culpa minha. Eu disse que Deus não existia e agora ele mandou este dilúvio.
— Imagina, ele nem ouviu isso.
— Ouviu sim — diz o pinguinzinho soluçando —, Deus tem ouvidos muito bons e eu sou um pinguim mau, até me orgulhava disso e, além do mais... — e agora a voz dele fica muito baixinha — além do mais eu ainda matei alguém.
— Quem?
— A borboleta.
— Ah, mas isso a gente já esqueceu há tempo.

— Mas Deus não – diz o pequeno soluçando bem alto –, porque Deus tem uma memória incrivelmente boa.

— Deus não viu – garantem os outros dois –, pois ele estava justamente preparando este dilúvio e com todas as mãos ocupadas, porque até mesmo para Deus um dilúvio não é nada fácil; e você não se sentou na borboleta de propósito, foi sem querer.

— Não tenho tanta certeza assim –, confessa o pinguinzinho.

— Eu queria me sentar e aí pensei: "Tem uma coisa amarela ali". Daí eu sentei e pensei: "Será que era a borboleta?". Mas depois eu pensei: "Tanto faz, eu já estou sentado e se a borboleta estava ali, azar o dela".

O pinguinzinho chora tanto que todo o seu corpo chega a tremer. Os dois outros enxugam suas lágrimas e garantem:

— Além disso, essa borboleta nem morreu, ela se recuperou logo em seguida, se você não tivesse saído correndo na mesma hora, você mesmo teria visto. Ela se sacudiu um pouquinho e daí saiu voando. A asa esquerda ainda estava um pouco amassada, por isso ela saiu voando meio sacolejando pelo ar e...

— Vocês só estão dizendo isso para me consolar — diz o pinguinzinho, enquanto se livra dos dois e se atira de barriga no chão batendo as asinhas no fundo da arca. — Eu matei uma borboleta e trouxe desgraça para todo mundo!

Então, estica sua asinha para o teto e grita com toda a força de seus pulmões:

— Eu acredito em você, Deus! Mas por que está castigando todo mundo? Um pinguim te ofendeu e você se vinga de todo mundo! Você chama isso de justiça? Estou furioso com você. Muito, muito furioso! Ouviu, Deus? Está me ouvindo?!

Ao menos a pomba ouviu a choradeira. Com passadas enormes, ela se dirige até a barriga da arca. No último instante, um pinguim salta para dentro da mala e fecha a tampa. Na hora H. No segundo seguinte, a porta se abre e a pomba grita:

— Será que não podem se comportar como animais normais? Dá para ouvir vocês lá do alto do convés! Vocês devem dormir agora!

Se a pomba tivesse olhado com um pouco mais de atenção, teria reparado que um dos pinguins era um pouco mais baixo.

— Já tenho problemas demais — queixa-se ela —, os dois antílopes, sabe-se lá por quê, não querem dormir ao lado dos leões. Os dois pica-paus insistem em cavar buracos no chão. Uma das formigas perdeu seu parceiro e o procura por todo canto. E Noé não está me ajudando muito, ele só fica dizendo: "Faça isso, faça aquilo, anda, rápido!". Mas "obrigado" nem pensar, até agora ele ainda não disse...

De repente, a pomba repara melhor nos dois pinguins:
— Esse pinguim está me parecendo tão diferente.

De tanto medo, o pinguinzinho não dá um pio, mas o outro se apressa em explicar:
— Todos os pinguins são iguais.
— Era o que eu pensava até agora — diz a pomba olhando de um pinguim para o outro. — Mas esse pinguim ficou menor.
— Pinguins encolhem facilmente.

— Sei, sei — diz a pomba e encara o pinguinzinho. — Por que ele não diz nada?

O pinguinzinho pigarreia e grunhe:

— Estou com fome.

— A voz dele também está diferente.

— É por causa da fome —, dizem os dois ao mesmo tempo e começam a tremer.

A pomba respira bem fundo e revira os olhos. Depois, com cara bem feia, entrega um pacote de biscoitos aos dois.

— Na verdade, este é o meu lanche de viagem, mas calem o bico. O consumo de alimentos trazidos de fora não é permitido a bordo, mas os outros animais também não estão obedecendo. Os cangurus trouxeram até cestos de piquenique.

Assim que os pinguins se atiram sobre os biscoitos, a pomba se irrita com seu repentino ataque de compaixão e, raivosa, grita com os dois:

— Não deixem cair nenhuma migalha! E repartam bem. Quem sabe quanto tempo ainda viajaremos.

Na saída, ela ainda se vira e olha para os dois pinguins mastigando na barriga da arca.

— Gozado — diz a pomba —, tenho a estranha sensação de estar esquecendo alguma coisa. Alguma coisa bem importante.

Ela coça a cabeça e murmura:

— Deixa para lá, logo, logo, eu vou lembrar — depois bate a porta rapidamente.

No instante seguinte, o outro pinguim salta da mala e gulosamente estica as asas em direção aos biscoitos. Por um longo, longo tempo, não se ouve outro ruído no fundo da arca que não o do discreto mastigar dos pinguins.

Lá no fundo da arca não existe dia nem noite. A lâmpada balança de um lado para outro e há um forte cheiro de piche.

– Ai, ai – reclama o pinguinzinho –, bem que eu queria ter me afogado e estar deitado no fundo do mar.

Para ele, a viagem parece durar uma eternidade. Os biscoitos já acabaram faz tempo. Os pinguins estão deitados de costas e escutam o barulho da chuva caindo e o ronco do estômago.

– Ai, ai – reclama o pinguinzinho –, bem que eu queria ter me afogado e estar deitado no fundo do mar.

– Se você disser isso mais uma vez – gritam os dois outros –, nós vamos jogar você para fora da embarcação.

– Tanto melhor – choraminga o pinguinzinho –, aí finalmente eu vou me afogar e ficar deitado no fundo do mar!

Depois, ele olha para os seus amigos e pensa: "Aposto que os dois já se arrependeram faz tempo de terem me trazido clandestinamente a bordo. Toda hora um deles tem de se esconder na mala. Mais cedo ou mais tarde a pomba vai acabar descobrindo. Era melhor que meus amigos deixassem que eu me afogasse. Teria sido a solução mais simples".

Os outros dois pensam:"Foi um erro a gente contar essa mentira. Deveríamos ter falado assim para a pomba: 'Nós somos três amigos e não vamos deixar nenhum dos três se afogar. Pinguins só existem em pacote de três e se Deus não gostar, no futuro vai ter de passar sem pinguins e ponto final'".

— Vocês se lembram como era lá em casa? — pergunta o pinguinzinho de repente, quebrando o silêncio. Todos se esforçam em lembrar. Já faz muito tempo. Parece que era tudo bem branco. Eles se lembram vagamente da neve. O gelo era bem brilhante. Os três aproximam-se e sentam-se aconchegados, bem perto uns dos outros. Dava para saber exatamente o que iria acontecer em seguida: nada. Era tão reconfortante. Será que algum dia voltariam a ver o lar? O pequeno pinguim começa a cantar com voz rouca:

— *Quando não sabemos o que fazer*
*Fechamos os olhos*
*E sonhamos com o gelo e a neve*
*E lembramos do...* — saudosos, os outros dois pinguins cantam com voz aguda:
— *Nosso lar, nosso lar, o nosso laaar!*

Eles cantam cada vez mais alto.
— *O nosso lar! O nosso lar!*
E, de repente, começam a dançar:
— *O nosso lar!*

Quem já teve oportunidade de observar pinguins dançando sabe que eles dão uns saltos no ar, batem palmas com as asas e dão cambalhotas uns por cima dos outros sem se importarem com nada. Dançar deixa os pinguins tão contentes que eles se esquecem de tudo que está ao redor.

Por isso mesmo eles não percebem que a pomba se aproximava da barriga da embarcação como uma flecha e abre a porta com violência.

— Mas vocês têm de fazer esse barulhão? Justo agora que me deitei pela primeira vez!

A pomba está vestindo touca de dormir e grita tão alto que o rosto dela chega a ficar vermelho como pimenta-malagueta. Se ela não tivesse se posto a gritar, assim que entrou, e tivesse olhado melhor, certamente teria reparado que bem diante de seus olhos não havia dois, mas três pinguins como que plantados no chão, parados imóveis na posição de dança. Um deles tenta explicar gaguejando:

— A gente só estava fazendo uma festinha típica lá da nossa região.

— Estou de pé há quarenta dias sem descanso — urra a pomba, irada —, as duas girafas enjoaram e ficam o tempo todo com a cabeça debruçada sobre as grades. O pavão, de tão nervoso, começou a fazer umas estrelas pelo chão, ocupando o maior espaço. E Noé também não é de grande ajuda, faz quarenta dias que se trancou na cabine e se recusa a sair, eu tenho de cuidar de tudo sozinha, carrego toda a responsabilidade nas minhas costas e vocês acham que alguém disse uma palavra em agradecimento? Não mesmo.

Depois disso, ela sai batendo a porta atrás de si.

Assim que a pomba sai, os três pinguins respiram bem fundo:

— Ufa, a pomba não percebeu que havia três pinguins!

E o pinguinzinho fala zombando:

— A pomba está precisando de óculos — mas para de repente, porque ouve os passos da pomba. — Ela está voltando!

No mesmo segundo, ele dá um salto para dentro da mala e fecha a tampa.

Bem na hora. No instante seguinte, a pomba já está na soleira da porta com as asas na cintura olhando ao redor:

— Será que havia três pinguins aqui?

— De onde iria aparecer um terceiro pinguim? — perguntam os dois fazendo cara de inocentes.

— Há pouco eu tive a impressão de ter visto um terceiro pinguim por aqui.

A pomba anda e espia por todo lado.

— Mas isso — asseguram os pinguins — é totalmente natural, quando se está há quarenta dias em pé e se carrega toda a responsabilidade sozinha e não se tem uma palavra sequer de agradecimento, e ainda quando Noé não é de grande ajuda e não se pode nem deitar um pouco para descansar. Nessas condições pode muito bem acontecer de se ver um terceiro pinguim.

Fazia tempo que a pomba não ouvia palavras tão agradáveis. Todos os outros animais só ficavam se queixando.

— Vocês são os únicos que me entendem — diz a pomba, com lágrimas nos olhos. — Vocês não fazem ideia de como estou me sentindo por dentro, essa chuva que não para, essa arca foi uma ideia de jerico, eu sempre pensei que seria uma viagem rumo à sorte, mas agora estou começando a achar que flutuaremos pela escuridão nessa geringonça por toda a eternidade sem chegar a lugar algum, teria sido bem melhor se todos tivéssemos nos afogado...

A pomba deixa a cabeça cair, coloca as asas diante dos olhos e soluça baixinho. Os dois pinguins pensam num jeito de se livrar rapidamente da pomba sem ferir seus sentimentos. Caminham balançantes até a soleira, escancaram a porta e gritam:

— Adeus!

Mas a pomba continua chorando baixinho.

De repente, no silêncio, surge uma vozinha que vem direto da mala.

— Vocês não podiam ter se livrado antes dessa pomba boba? Eu já estou começando a ficar sufocado!

– Mas o que é isso? – pergunta a pomba.
Os dois pinguins fingem tentar ouvir:
– Não estamos ouvindo nada.
– Veio da mala – conclui a pomba.
Os pinguins balançam a cabeça rapidamente.
– Bem que essa mala me pareceu suspeita desde o princípio.
A pomba bate com a ponta da asa na tampa:
– Abra!
Os pinguins não se movem do lugar.
– Eu quero saber de uma vez por todas o que tem dentro desta mala.

– Deus – responde o pequeno pinguim de dentro da mala.
A pomba estremece:
– Como é que é?
Da mala vem um pigarrear e depois uma voz que agora soa um pouco mais grave:
– Você ouviu bem.
– Pois eu não acredito – diz a pomba rindo.
– Não acredita em Deus? – pergunta a voz ameaçadora.
– Sim, mas...
– Então... – diz a voz trovejante.
– Mas acho difícil acreditar que Deus esteja nesta mala – defende-se a pomba.
– E por quê? Se ele pode estar em toda parte...
A pomba olha para os dois pinguins com cara de interrogação. Os dois fazem que sim com a cabeça.

— Então, prove que você é Deus — desafia a pomba.
—Você tem de acreditar em mim sem exigir provas.
— Isso também é pedir demais.
— Eu sei, mas aí que está a graça — diz a voz da mala. — Senão, seria fácil demais. Não é à toa que se diz "acreditar em Deus".

A pomba pensa um pouco e, finalmente, pergunta:
— Sabe o que eu acho? — e prossegue sem esperar resposta — Que é mentira. Eu vou abrir a mala e daí veremos.
— Como quiser — diz a voz. — Mas você ficará cega.
— Cega?
— Quem olha para Deus perde a luz dos olhos. Se faz questão de ficar cega, é só abrir a mala. Mas cuidado, porque a presilha da esquerda está um pouco enguiçada.

A pomba olha indecisa para os dois pinguins. Um deles pensa se é verdade que se perde a luz dos olhos quando olhamos para Deus, enquanto o outro espera encarecidamente que Deus esteja com os olhos em todos os lugares, menos na barriga daquela arca.

Depois de um tempo, a voz recomeça.

– Está hesitando? Faz muito bem. Até porque seria triste demais se uma pomba linda e branca como você perdesse a luz dos olhos.

– Como é que você sabe que sou uma linda pomba branca?

– Ora, pois se fui eu mesmo quem te criou. Depois que criei todos os animais, eu disse a mim mesmo: "Por fim, quero criar uma criatura que supere todas as outras, uma criatura à minha imagem e semelhança". Foi aí que surgiu a pomba branca.

Entusiasmada, a pomba agita as asas.

– Finalmente acredito que Deus esteja mesmo nessa mala.

Então, ela se joga no chão diante da mala e diz:

– Sinto muito não ter acreditado de primeira.

– Já esqueci.

– Eu jamais pensei que o Senhor fosse tão compreensivo.

– Infelizmente, a maioria das pessoas tem uma imagem equivocada de mim.

A pomba se arrasta mais para perto da mala.

– Para ser sincera, eu fiquei um pouco furiosa com o Senhor.

– Está tudo bem. Eu consigo suportar. Em geral, é difícil ter raiva de quem não significa nada para nós. Se ficou furiosa comigo, significa que não lhe sou indiferente.

A pomba está perplexa. Os dois pinguins trocam olhares espantados. Como é que o pequeno pinguim chegou a essas ideias?

Da mala se ouve:

– Você vai me dedurar por estar furiosa comigo?

Apesar de a voz ainda soar amigável, a pomba tem a impressão de que muita coisa depende de sua resposta. Será uma pegadinha? Depois de pensar um pouco, ela aposta todas as fichas em uma só cartada e diz:

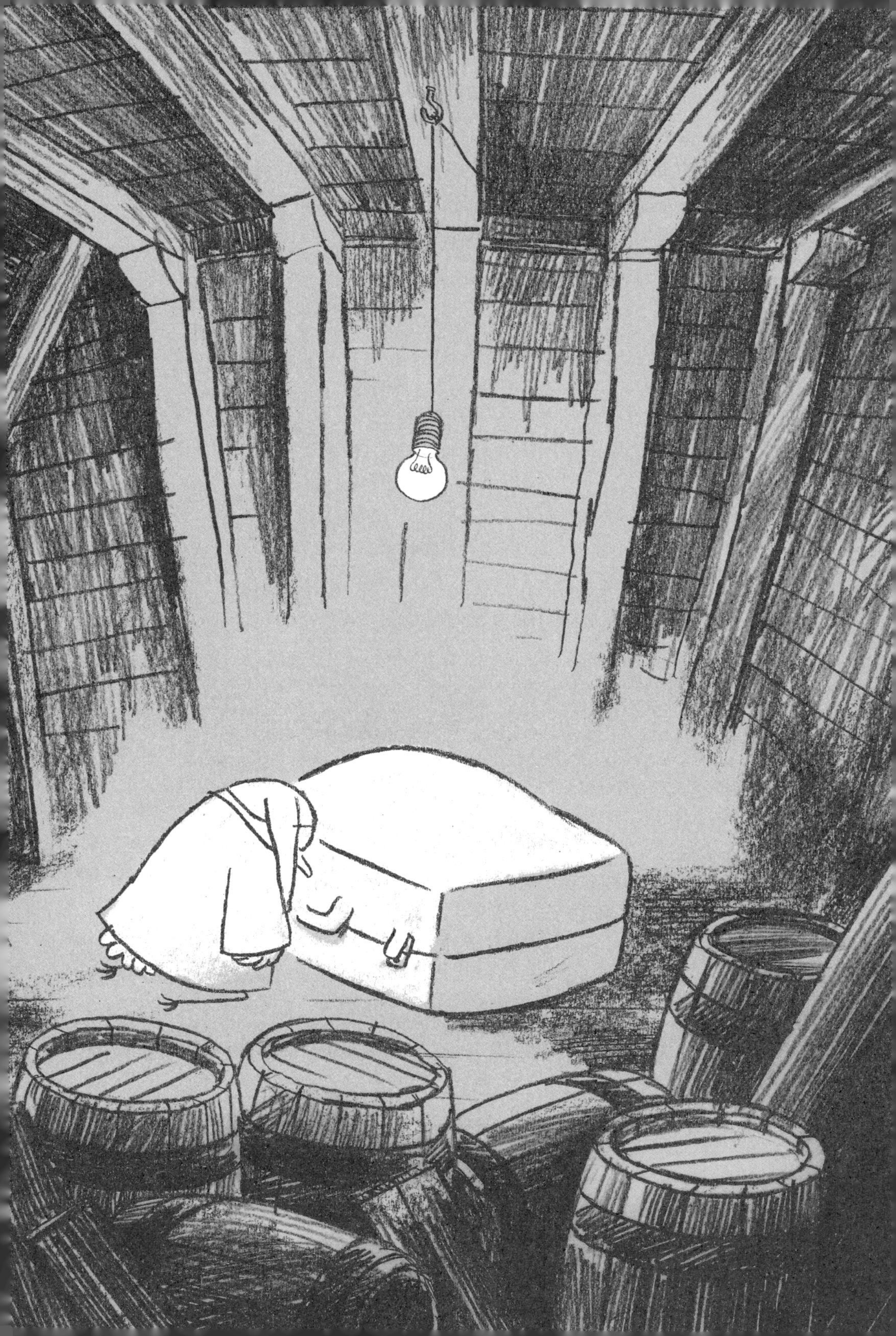

— Este dilúvio é uma catástrofe!
Da mala vem uma voz tranquila que diz:
— Falando sinceramente, eu também não me orgulho deste dilúvio. Eu confesso que...
— Prossiga, pode falar — diz a pomba com suavidade.
— Confesso que exagerei um pouco.
— Exagerou?!
Até os dois pinguins ficam estupefatos.
— Cometi um erro — grunhe a voz da mala.

Os dois pinguins se entreolham, pegam a pomba debaixo das asas e a levam em direção à porta:
— Deus agora está um pouco cansado.
— Soltem-me, é muito emocionante, eu jamais imaginei que poderia ser tão prazeroso falar com ele pessoalmente.
— Você poderá ter esse prazer quando quiser, pois estarei sempre presente para você e em todo lugar — diz a voz da mala.
— Nunca mais duvidarei da sua palavra e falarei para o mundo como você é grande e maravilhoso, eu garanto.
A pomba estica a asa direita para o alto, como uma espada, e continua:
— Em tempo recorde, farei que todos o amem como eu o amo.

— Ah, deixe disso — responde a voz generosa da mala —, cada um deve decidir por si só se deve ou não me amar. O amor só conta quando é espontâneo.

A pomba fica completamente fora de si. Joga-se com o corpo na mala e a abraça com as asas:

— Eu sempre o amei, mas agora o amo mais ainda, é infinitamente melhor do que eu pensei.

Tocados e constrangidos, os dois pinguins viram de costas, enquanto a pomba cobre a mala de beijos:

— Mas talvez você tenha algum desejo? É só falar que eu farei tudo o que me pedir.

— Eu bem que gostaria de comer um bolo de fubá.

A pomba dá um salto para trás:

— Como?

— Um bolo de fubá.

Os três olham fixamente para a mala. Um longo silêncio se instala.

— É melhor a gente ir encerrando por hoje —, dizem os dois pinguins, pisando em ovos. — Deus parece estar um pouco cansado. Este enorme dilúvio o deixou exausto.

— Por isso mesmo — diz a pomba, apertando os olhos —, tanto mais ele merece o bolo de fubá.

Jubilando de alegria, a voz da mala diz:

— Essa pomba certamente irá para o céu!

— Mas será que depois deste cansativo dilúvio não prefere algo mais grandioso? — pergunta a pomba, com voz derretida.

— Um bolo de fubá é suficiente.

— Com uma bela crosta torradinha? — arrulha a pomba.

A mala emite sons de aprovação.

— Com uvas-passas?

— Quanto menos, melhor.

— E umas balinhas coloridas para enfeitar? — oferece a pomba cantarolando.

— Jamais vou me esquecer disso — comemora o pinguim dentro da mala.

De tanta alegria, aperta os olhos e enrola as asas feito punhos e nem percebe quando a pomba abre a tampa da mala enquanto ele continua a falar animado:

— Eu tenho uma excelente memória e estou pensando seriamente se não devo te transformar numa espécie de representante e... — só agora ele percebe que a sua voz não está mais grave e abafada. Abre os olhos e avista a pomba branca de asas cruzadas diante dele.

— Está certo que eu não conheço Deus pessoalmente — rosna a pomba —, mas de uma coisa tenho certeza: que este não é Deus, não é!

O pequeno pinguim pigarreia, e diz:

— Essas coisas não se pode saber.

— Mas Deus não é um pinguim — grita a pomba, indignada.

Em vão, os dois outros pinguins tentam convencer a pomba de que Deus pode tomar a forma que quiser, mas ela nem presta mais atenção no que dizem. Agita suas asas pelo ar, chegando até a perder algumas penas, e explica que nem por um segundo caiu na conversa deles. E diz ainda que os pinguins deveriam se sentir envergonhados, e, infelizmente, ela se via obrigada a levar ao conhecimento de Noé o comportamento de mau gosto deles e já podia adiantar que o castigo seria terrível.

Ao sair, ela ainda se volta na soleira da porta e diz:

– Não vai ser muito difícil para a gente penalizar pinguins como esses.

Depois, fecha a porta devagar atrás de si.

– Logo bolo de fubá – lamentam os dois outros pinguins.

– Não me ocorreu outra comida – responde o pequeno em voz baixa.

– Cedo ou tarde ela ia acabar percebendo que você não é Deus – diz um dos pinguins, e o outro completa:

– Aliás, eu já tinha percebido um pouco antes dela.

– Percebido?

– Que você não é Deus.

– Mas você pensou que... – perguntou o pequeno pinguim, surpreso – ...que era Deus que estava enfiado na mala?

– Por um instante, sim. Você foi muito convincente.

O pequeno pinguim corou de orgulho:

– E olha que eu nem precisei pensar, as palavras iam surgindo na minha cabeça.

Agora o terceiro pinguim perde a paciência de vez:

– Vocês não estão bons da cabeça, ou o quê? Deus jamais admitiria ter cometido um erro. Você fingiu ser Deus, e isso é, é... – e a voz dele vai se enrolando – para isso deve existir palavra, mas eu não conheço, ou vai ver que nem existe palavra para isso porque um pecado desses nunca foi cometido por ninguém. Por isso, todos nós seremos terrivelmente castigados. Já vejo o enorme punho dele pairando sobre nós.

– Pode ser que Deus seja bem diferente daquilo que imaginamos – murmuram os outros dois. – E, com certeza, ele não deve ser tão vingativo assim.

Mas eles mesmos não estão tão convencidos disso e abaixam a cabeça esperando ser penalizados.

Os pinguins esperam e ficam matutando sobre o castigo. Eles não sabem exatamente o que significa penalizar, mas isso não parece ser lá uma coisa muito boa. Logo, já não sabem se estão esperando pelo castigo por um minuto, um dia ou uma semana. A espera lhes parece uma eternidade.

– Talvez o castigo não chegue nunca – refletem –; e talvez o castigo seja esperar pelo castigo.

De repente, um forte solavanco faz o chão da arca balançar. Os pinguins rolam em cambalhotas pelo chão. Gritos horríveis vêm de toda parte. Rugidos de ursos, balidos de ovelhas, grunhidos de porcos, barridos de elefantes, grasnados de gansos, gritos de macacos, berros de cabras, relinchos de cavalos, latidos de cachorros, cocoricós de galos, coaxos de sapos, cacarejadas de galinhas, cantos de corujas, sibilos de cobras, borbulhos de cavalos-marinhos, silêncio dos veados, mugidos das vacas, uivos dos lobos, miados dos gatos – resumindo: um barulho ensurdecedor.

Ao mesmo tempo, ouvem-se fortes pisadas e raspadas que não querem ter fim. Mas aos poucos, sem que se perceba, as vozes dos animais começam a diminuir de volume. Também as pisadas e raspadas aos poucos vão ficando mais distantes. Depois, os pinguins não ouvem mais nada. Eles aguçam os ouvidos, esforçando-se para escutar. Não dá para ouvir nem mais o rumor das águas. Até a lâmpada está parada, pendendo do teto.

Um pinguim fala, rompendo o silêncio:
– Não sei por quê, mas de repente me deu uma vontade de comer um bolo de fubá.
No segundo seguinte, a porta é escancarada.

A pomba branca aparece na soleira. Traz uma coisa no bico e diz:
– Ixo é um gainho ee oiieeia.
– Como?
– Ixo é um gainho e oilieia – repete a pomba, impaciente, mas os pinguins continuam sem entender nada.

– Isso é um galhinho de oliveira, seus tontos – diz a pomba depois de ter tirado o galho do bico. – Parou de chover e Noé disse: "Anda, voa por aí e vê se encontra terra em algum lugar". Aí eu encontrei esse galhinho de oliveira. O dilúvio passou e a água baixou. A Terra está quase seca de novo. Estão esperando o quê? Podem sair. Todos os animais já desembarcaram faz tempo. Só para variar, vocês são os últimos. Até as tartarugas são mais rápidas que vocês. Andem. Não fiquem aí feito lesmas. Todos os animais devem desembarcar aos pares da arca.

Os três pinguins ficam parados de asas dadas:
– Mas nós não podemos desembarcar aos pares, nós somos três.

A pomba suspira, desesperada. Pinguins dão muito trabalho.

— Falando nisso, onde é que está a segunda pomba? — o pinguinzinho quer saber.

A pomba coça a cabeça:

— Que segunda...?

— Se todos os animais devem descer aos pares da arca... — continua o pequeno, ao que a pomba abre o bico e dá um grito para lá de estridente:

— Agora eu sei! O tempo todo eu estava com uma sensação estranha de ter esquecido alguma coisa. Um parceiro! Eu esqueci de trazer um pombo a bordo.

Desesperada, ela se atira no chão aos soluços e cobre a cabeça com as asas.

— Eu pensei em todos os animais, só me esqueci de trazer um parceiro para mim. Como vou aparecer diante de Noé sem um acompanhante? Estou com vontade de arrancar todas as minhas penas. Ai, e agora, o que eu vou fazer?

O pinguinzinho para um pouco para pensar. Daí ele diz:

– Para nós não falta um pombo, mas temos um pinguim a mais a bordo.

Os outros olham para ele sem entender.

– Vocês não entenderam? – pergunta ele, risonho.

– Eu entendi – diz um rapidamente, e o outro emenda:

– Eu também.

A pomba enxuga as lágrimas:

– Então, vocês dois podem me explicar?

– Infelizmente, não – cochicha o pinguim em seu ouvido, e o outro balança a cabeça:

– Eu só fingi que tinha entendido.

O pinguinzinho bate com as asas e pede para prestarem atenção:

– Escutem bem. É muito simples. Ninguém vai perceber. Só precisamos arrumar o seguinte...

Depois ele abaixa a voz e explica aos outros em que estava pensando. Os pássaros juntam as cabeças e conversam agitados. Em algum momento, até a pomba entende o plano.

– É arriscado – diz a pomba –, mas Noé já é um homem bem idoso e também já não enxerga mais tão bem. Até que pode funcionar.

Dois pinguins estão parados na saída, no alto da arca. De braços dados, apertam os olhos. Depois de passarem tantos dias no fundo da arca, primeiro precisam se acostumar à claridade. O sol está brilhando e o céu está azulzinho. Há pássaros cantando em algum lugar. Ainda há água brilhando em apenas algumas poças. Os pinguins descem pelos degraus da rampa com todo cuidado.

Quando finalmente colocam os pés em terra firme, ouvem uma voz bem grave:

— Bem-vindos ao novo mundo, mas antes tirem os sapatos.

Parado diante deles está um velhinho com uma barba branca muito longa. Apoiado num cajado, ele examina os pinguins através de seus óculos de lentes bem grossas.

— Mas não estamos calçando sapatos — respondem os pinguins.

— Mas estão deixando rastros pretos por toda parte.

Com seu cajado, o velhinho aponta para as pegadas deixadas na rampa. Os pinguins se voltam. Os degraus da rampa estão cobertos de marcas pretas.

— Ah, isso é piche — explicam os dois pinguins —, logo, logo, isso sai.

— Espero que sejam os últimos — diz o velhinho.

— Tem mais dois — os dois pinguins apontam com as asas para a rampa. No alto, na entrada da arca, há dois pombos parados. Dois?

Sim. Dois pombos. Um deles é gordo e branco e se enfiou numa casaca preta, que está apertando um pouco debaixo das asas. Uma cartola preta um pouco inclinada coroa sua cabeça.

O segundo pombo é uma cabeça mais alta, fede um pouco a peixe e está coberto dos pés à cabeça com um véu bem grosso que não permite ver nada através dele. Atrapalhado, o pombo de véu despenca rampa abaixo enquanto a pomba com a cartola se esforça amedrontada para escapar do olhar penetrante do velhinho.

— Os dois pombos se conheceram a bordo — esclarecem os pinguins. — Foi amor à primeira vista. Eles mal conseguiam tirar o dedo um do outro, que dirá as asas, por isso, achamos mais prudente casá-los de uma vez.

— Mas aquela pomba é muito mais alta — diz o velhinho, desconfiado.

— Isso é absolutamente normal — asseguram os pinguins —, as pombas fêmeas são sempre uma cabeça mais altas que os machos.

Assim que o par chega ao chão, os dois pinguins tratam logo de conduzi-los para longe do alcance do velhinho, porque a noiva fede um pouco a peixe.

— Muito obrigado pelas passagens — dizem por cima dos ombros —, vamos guardar essa viagem com carinho em nossa lembrança. O serviço de bordo foi diversificado e o programa de entretenimento não deixou nada a desejar!

A pequena tropa de pássaros já está quase dobrando a esquina quando a noiva se vira mais uma vez para trás. Tem a sensação de ainda não ter tido oportunidade de falar. Por isso, abre o bico e grita com voz surpreendentemente grossa:

— Poucas vezes me diverti tanto quanto na Arca de Noé.

— Alto lá! — diz o velhinho erguendo o cajado.

Os pássaros prendem a respiração. Ninguém tem coragem de olhar para trás. Agora está tudo acabado. A pomba gorda tira a cartola da cabeça, dá uma última olhada para os pinguins e anda devagar, na ponta dos pés, até o velhinho. Ela espera um Deus nos acuda. Fez tudo errado. Desde o início. Não colocou os animais certos na arca, gritou o tempo todo, embarcou com lanche para viagem, jogou carta com as cascavéis, até tirou um cochilinho durante o percurso, e quando finalmente havia terra à vista, ela só encontrou um galhinho bem mixuruca de oliveira, isso sem falar no parceiro esquecido e, por fim, ainda travestiu um pinguim de pomba — e o que na verdade foi o pior de tudo — pensou que Noé fosse tonto de cair nesse conto do vigário. Ciente de sua culpa, a pomba abaixa a cabeça.

— Eu não tive oportunidade de agradecer — ela ouve o velhinho dizer. — Eu sei o trabalhão que você teve. A formiga reencontrou seu parceiro. As girafas estão passando bem. Os leões dormiram pacificamente ao lado dos antílopes. Nenhum animal na arca devorou outro animal. É praticamente um milagre. E tudo isso só se deve ao seu incansável empenho.

A pomba olha agradecida para Noé. Seus olhos estão marejados de lágrimas. Por pouco ela não abraçou o velhinho com suas asas.

— Mas por que você levou esses pinguins a bordo? — ele quis saber. — Pinguins sabem nadar.

Por um momento, a pomba ficou tão quieta que dava até para ouvir o seu cérebro matutando.

— Vocês... como é que é? — ela grita, estridente.

— Verdade — dizem os pinguins batendo com a asa na testa —, nós sabemos nadar.

Não chegaram a pensar nisso no meio de tanta afobação. Afinal, era o fim do mundo. Daí a gente acaba esquecendo uma coisinha ou outra.

— Somos até excelentes nadadores — diz a noiva, com voz grave, mas os dois pinguins lhe dão logo um cutucão:

— Você não sabe nadar, você é uma pomba.

— Ah, é mesmo — diz a noiva, baixinho —, eu não sou um pinguim.

O velhinho balança a cabeça.

— Fiquei muito contente em conhecê-los.

Depois se pôs a subir os degraus da rampa, bem devagar.

— Esperamos poder revê-lo em breve — gritam os dois pinguins, e a noiva complementa com um risinho ousado:
— O mais tardar no próximo dilúvio.
— Ai, não — suspira a pomba.
— Nunca mais haverá um dilúvio — responde o velhinho, com a voz um pouco decepcionada —, foi o que Deus prometeu solenemente.
— Mas nós não podemos prometer — retruca a noiva — que seremos sempre obedientes.
— Mas de toda maneira, nós vamos tentar seriamente — os dois outros pinguins se apressam em dizer e dão um chute na noiva.
— Deus sabe que ninguém muda — diz o velhinho lançando um olhar sobre os pinguins que estão se chutando mutuamente. — Nem os seres humanos nem os animais. Sempre haverá brigas, mas Deus prometeu nunca mais castigar ninguém.
— Como é que tem tanta certeza disso? — perguntam os pinguins, que encaram o velhinho com olhos bem arregalados.
— Você é Deus, não é?

Sorrindo, o bom velhinho percorre a sua longa barba com as mãos, mas antes que possa responder a pomba cai na gargalhada bem alto:

– Este é Noé, seu tonto!

De tanto rir, a pomba cai de costas e rola pelo chão. Ali ela fica deitada com as asas e patas bem esticadas, dá mais umas três risadinhas e, sem mais, se põe a roncar. Também, não é de admirar. Durante quarenta dias consecutivos a pomba ficou andando sem parar para lá e para cá, e assim que pôde se esticar pela primeira vez, acabou adormecendo na mesma hora.

– Eu não sou Deus – Noé responde lisonjeado.

– Mas a gente imaginou Deus exatamente desse jeito – dizem os pinguins. – Um homem velho, com uma barba branca bem longa.

– Muitos pensam assim – diz Noé –, mas Deus não é um homem.

– É uma mulher?

– Não! – brada o velhinho, indignado, e as lentes de seus óculos cintilam raivosas.

– Entendo – diz um dos pinguins –, Deus está mais para uma coisa. – E o pinguim com véu logo emenda com uma voz piante:

– Tipo uma torradeira?

– Vocês podem imaginar Deus como quiserem – explica Noé –, mas ele está em toda parte, em cada pessoa, em cada animal, em cada planta e...

– Espera aí – interrompe um pinguim –, então quer dizer que Deus admite que este dilúvio foi um erro?

Noé aponta para o horizonte com o seu cajado. Ao longe avistam um arco-íris.

– Este arco-íris é um sinal de Deus de que a chuva nunca mais irá cair ininterruptamente apagando o sol durante tantos dias.

— Mas que gesto mais nobre — comentam os pinguins, com olhos arregalados, e acaso estivessem usando chapéu agora certamente o teriam tirado da cabeça.

O pinguinzinho diz:

— Eu acho muito decente da parte dele admitir ter cometido um erro.

Os pinguins olham o arco-íris longamente, até ficarem tontos. Nesse meio-tempo, Noé já subiu a rampa e desapareceu em sua arca.

O pinguim de véu lança um olhar para a pomba.

— Pobrezinha, perdeu a visão do arco-íris.

— Agora você já pode tirar o seu disfarce — encorajam os outros.

— Sabe, até que estou me sentindo muito bem nesse traje.

Os outros dois olham para ele com ar severo.

— Mas você não é pomba, você é pinguim. Esperamos que saiba disso.

61

O pinguim fantasiado fica vermelho de vergonha debaixo do véu e logo dá um chute nos outros dois pinguins. Mas sempre que se chuta um pinguim, ele devolve o chute – só não quando acabaram de prometer que dali em diante iriam se comportar muito bem.

– Se a gente ficar brigando, logo vai ter outro dilúvio – adverte um dos pinguins.

– Não – revida o outro –, pois Deus prometeu solenemente que nunca mais mandaria um dilúvio.

– Talvez Deus nem exista e só choveu de uma maneira incomum – pensa o pinguim de véu.

– Se Deus não existe, então por que ficamos falando tanto nele? – perguntam os outros dois.

– Para não nos sentirmos tão sozinhos.

Os outros dois acham graça:

– Você está é muito cansado.

Nesse instante, uma coisa passa voando. É pequena e amarela e dá três voltas ao redor da cabeça dos pinguins.

– Uma borboleta! – o pequeno pinguim pula de alegria.

– Duas! – gritam os outros dois e apontam para a segunda borboleta amarela que voa atrás da primeira.

– Será que é a minha borboleta? – pergunta o pinguinzinho.

– Vá atrás dela, aí você saberá.

Nervoso, o pinguinzinho se põe atrás da borboleta.

– É a minha borboleta – ele grita morrendo de alegria. – Estou reconhecendo perfeitamente. A asa esquerda dela está um pouco amassada.

Os outros dois pinguins piscam um para o outro. Depois, seu olhar cai sobre a pomba, que ronca adormecida. De repente, o pequeno pinguim vai até ela, afasta seu véu e dá um beijo em seu rosto. A pomba abre os olhos, surpresa, e devolve o beijo. Mas quando ela percebe que acabara de beijar um pinguim, volta a fechar os olhos envergonhada. Daí o pinguim a abraça e a segura bem apertadinho perto dele.

Desse dia em diante, a pomba e o pinguinzinho nunca mais se separaram. É verdade que um ou outro animal acha que isso não está lá muito certo, especialmente as duas cobras cascavéis que passam por ali regularmente e ficam dizendo que Deus jamais desejou uma união destas. Mas a pomba e o pinguim nem ligam, porque nesse meio-tempo se conheceram melhor e agora se gostam de verdade.